AF454544

Du Mercredi 31 Mai 1899

HOTEL DROUOT, SALLE Nº 11

à deux heures et demie

TABLEAUX

ANCIENS

Mᵉ PAUL CHEVALLIER, commissaire-priseur

MM. FÉRAL, experts

CATALOGUE

DE

TABLEAUX

ANCIENS

ŒUVRES

DE

AVERCAMP, BACKHUYSEN, BELLINI, BERKHEYDEN,
BREKELENCAMP, VAN CEULEN, EISEN, A. FRAGONARD, FRANCK,
HEDA, LE PRINCE, LUCAS DE LEYDE, R. MENGS, MORGENSTERN,
POELEMBURG, ROMEYN, TOURNIÈRES, VAN LEEN, J. VERNET, ETC.

DONT LA VENTE AURA LIEU

HOTEL DROUOT, SALLE N° 11

Le Mercredi 31 Mai 1899

à deux heures et demie

COMMISSAIRE-PRISEUR	EXPERTS
Mᵉ PAUL CHEVALLIER	**MM. FÉRAL Père et Fils**
10, rue Grange-Batelière	54, Faubourg-Montmartre

EXPOSITION PUBLIQUE

Le Mardi 30 Mai 1899 de 1 h. 1/2 à 5 h. 1/2

CONDITIONS DE LA VENTE

La vente sera faite au comptant.

Les adjudicataires paieront *cinq pour cent* en sus des prix d'adjudication.

L'exposition mettant le public à même de se rendre compte de l'état et de la nature des objets, aucune réclamation ne sera admise une fois l'adjudication prononcée.

Paris. — Imp. de l'Art, E. Moreau et Cⁱᵉ, 41, rue de la Victoire.

DÉSIGNATION DES TABLEAUX

AVERCAMP

1 — *Vue de Hollande.*

De nombreux patineurs animent un canal qui traverse un village aux toits couverts de neige.

Bois. Haut., 34 cent.; larg., 54 cent.

BACKHUYSEN
(LUDOLF)

2 — *Combat naval.*

Importante composition.

Toile. Haut., 1 m. 70 cent.; larg., 2 m. 45 cent.

BELLINI
(JEAN)

3 — *La Circoncision.*

La Vierge tient l'Enfant Jésus assis sur un coussin et entouré de saints personnages.

Le grand-prêtre est couvert d'un manteau richement brodé.

Composition de six figures. Fond de paysage.

Tableau d'un beau sentiment et d'une grande délicatesse de coloris; en bon état de conservation.

Bois. Haut., 68 cent.; larg., 1 m. 3 cent.

(Vente Castelbarco, de Milan 1870.)

*(Vente G***, Paris 1898.)*

BÉNARD

4 — *La Plage et la Tour, à Scheveningen.*

Signé à droite.

Bois. Haut., 34 cent.; larg., 26 cent.

BERKHEYDEN

(JOB)

5 — *Le Marchand de poissons.*

Joli petit tableau d'une spirituelle exécution.

Toile. Haut., 33 cent.; larg., 27 cent.

BREKELENCAMP

(QUIRYN VAN)

6 — *Le Vieux Galant.*

Spirituelle composition finement exécutée.

Bois. Haut., 23 cent.; larg., 20 cent.

CEULEN

(JANSON VAN)

7 — *Portrait d'Homme, en buste.*

Très bon tableau.

Toile. Haut., 45 cent.; larg., 36 cent.

CLOUET

(École de) !

8 — *Portrait présumé d'Éléonore d'Autriche.*

Bois. Haut., 15 cent.; larg., 13 cent.

'CREDI
(Attribué à LORENZO di)

9 — *La Vierge adorant l'Enfant Jésus, et un ange.*

A droite, l'étable sous une construction de pierre; à gauche, un fond de paysage.

Bois. Haut., 99 cent.; larg., 68 cent.

(*Collection Andrea Vecchiati.*)

CRAYER
(Attribué à GASPARD de)

10 — *Un Évêque.*

Toile. Haut., 1 m. 27 cent.; larg., 1 m. 15 cent.

DUVAL
(FRANÇOIS)

11 — *L'Abreuvoir.*

Une villageoise, assise sur un âne, et un pâtre enveloppé d'un manteau rouge, font abreuver leurs bestiaux à un ruisseau qui coule au premier plan.
Signé à droite.

Bois. Haut., 24 cent.; larg., 36 cent.

EISEN
(CHARLES)

12 — *L'Escarpolette.*

Une troupe d'enfants, filles et garçons, se livrent au jeu de l'escarpolette dans un joli paysage.
Charmant tableau rappelant les œuvres de F. Boucher.

Toile. Haut., 68 cent.; larg., 90 cent.

FRAGONARD

(ALEXANDRE)

13 — *Le Serment du Jeu de Paume.* (20 juin 1789.)

Signé.

FRAGONARD

(ALEXANDRE)

14 — *Le Président Boissy d'Anglas saluant la tête du député Féraud.* (Séance de la Convention du 20 mai 1795.)

Signé et daté 1836.

FRANCK, le Vieux

(FR.)

15 — *Le Christ présenté au peuple.*

Ce sujet est encadré de diverses scènes tirées du nouveau testament, peintes en grisaille et alternant avec des médaillons en couleurs représentant les quatre évangélistes.

HEDA

(WILLEM KLAASZ)

16 — *Nature morte.*

Un vidrecome, des verres, un pain sur un plateau; un couteau, un linge blanc, un coffret, des raisins, etc., le tout sur une table couverte d'un tapis vert.

Bois. Haut., 50 cent.; larg., 85 cent.

HEDA
(WILLEM KLAASZ)

17 — *Objets divers posés sur une table.*

Peinture de la plus remarquable finesse.

Bois. Haut., 37 cent.; larg., 55 cent.

HOLBEIN
(École de)

18 — *Portrait d'un musicien.*

Bois. Haut., 5o cent.; larg., 37 cent.

INGANNATI
(P. DEGLI)

19 — *La Sainte Famille.*

Bois. Haut., 61 cent.; larg., 83 cent.

Décrit par Waagen, 1 vol., pag. 15.

(Collection Eastlake.)

LANCRET
(D'après)

20 — *La Bergère endormie.*

Jolie composition.

Bois. Haut., 54 cent.; larg., 65 cent.

LEPRINCE
(J.-B.)
(DEUX PENDANTS)

21 — *Le Turc amoureux.*

22 — *Sultane au bain.*

>Gracieux petits tableaux.
>Toiles marouflées.
>>Haut., 24 cent.; larg., 13 cent.

LEYDE
(LUCAS de)

23 — *Descente de croix.*

>Le Christ est étendu à terre, le haut du corps soutenu par une sainte. Au centre, la Vierge, assise, est en prière. Plusieurs saints personnages complètent la composition.
>Vers le fond, le Calvaire; plus loin, un paysage accidenté.
>Fine peinture sur bois.
>>Haut., 43 cent.; larg., 33 cent.

LEYDE
(Attribué à LUCAS de)

24 — *Sainte Catherine.*

>Debout, vue de trois quarts, et appuyée sur une épée; elle tient de la main droite un anneau.
>Vers le fond, un portique et une escorte de cavaliers dans un paysage où des martyrs sont suppliciés.
>Volet de triptyque.
>>Bois. Haut., 84 cent.; larg., 28 cent.

MATSYS

(Attribué à QUENTIN)

25 — *La Vierge, en buste.*

Tournée de trois quarts vers la droite, couron-
née et les mains jointes, les cheveux tombant sur
les épaules.

Bois. Haut., 37 cent.; larg., 26 cent.

MAZZOLINI

(Attribué à LUDOVICO)

26 — *La Sainte Famille entourée de saints personnages.*

Bois. Haut., 26 cent.; larg., 21 cent.

MENGS

(RAPHAEL)

27 — *Portrait d'un Prince de la Maison d'Es-
pagne.*

Bonne peinture habilement exécutée.

Toile. Haut., 98 cent.; larg., 71 cent.

MORGENSTERN

(LOUIS-ERNEST)

28 — *Intérieur d'église.*

La nef principale et une partie du transept d'une
cathédrale gothique.

A gauche, les orgues ; çà et là, des groupes de
figures.

A droite, un prêtre à l'autel.

Cuivre. Haut., 54 cent.; larg., 62 cent.

ORLEY

(Attribué à BERNARD VAN)

29 — *Le Repos de la Sainte Famille.*

Fond de paysage.

Bois. Haut., 90 cent.; larg., 70 cent.

Cadre en bois sculpté.

PACCHIAROTO

(Attribué à JACOPO)

30 — *Le Mariage mystique de sainte Catherine.*

Bois. Diam., 75 cent.

(Collection Perkins.)

PERUGIN

(École du)

31 — *La Vierge adorant l'Enfant Jésus et saint Jean-Baptiste.*

Fond de paysage.

Bois. Haut., 48 cent.; larg., 44 cent.

(Collection Hauptmann.)

POELEMBURG

(CORNEILLE)

32 — *Diane découvrant la grossesse de Calisto.*

Jolie composition dans un paysage agreste.

Toile. Haut., 63 cent.; larg., 80 cent.

Cadre en bois sculpté.

REMBRANDT

(École de)

33 — *L'Enlèvement d'Europe.*

Toile. Haut., 63 cent.; larg., 80 cent.

Cadre en bois sculpté.

ROMEYN

(WILLEM)

34 — *Animaux au repos, sous la garde d'une paysanne.*

Toile. Haut., 27 cent.; larg., 41 cent.

RUYSDAEL

(JACOB)

35 — *Un Torrent.*

Il coule au premier plan entre des rochers.
Vers le fond, un paysage accidenté.

Toile. Haut., 34 cent.; larg., 38 cent.

SABBATINI

(Attribué à LORENZO)

36 — *La Vierge, l'Enfant Jésus et saint Jean-Baptiste.*

Toile. Haut., 56 cent.; larg., 23 cent.

TENIERS

(Attribué à DAVID)

37 — *La Ferme.*

A gauche, devant des constructions rustiques,
cinq paysans, les uns assis autour d'une table et
jouant aux cartes, d'autres debout; une femme
dans l'embrasure d'une porte. A droite, un cours
d'eau; plus loin, le clocher d'un village entouré
d'arbres.

Toile. Haut., 39 cent.; larg., 56 cent.

TENIERS

(D'après DAVID)

38 — *Les Tonneliers.*

Toile. Haut., 49 cent.; larg., 60 cent.

TITIEN

(École du)

39 — *Danaé recevant la pluie d'or.*

Toile. Haut., 1 m. 9 cent.; larg., 1 m. 70 cent.

(Collection Munro de Novar.)

TITIEN

(École du)

40 — *Diane et Actéon.*

La déesse est surprise au bain, sous un por-
tique et entourée de ses nymphes.

Toile. Haut., 53 cent.; larg., 65 cent.

TOURNIÈRES
(ROBERT)

41 — *Portrait d'un Gentilhomme.*

A mi-corps, de trois quarts, tourné vers la droite, portant la perruque poudrée, une cravate blanche et un manteau de velours violacé qu'il soulève de sa main gauche, posée sur la poitrine. Il se présente dans l'embrasure d'une fenêtre cintrée, drapée d'un rideau.

Charmant petit portrait finement peint.

Signé en toutes lettres et daté 1714.

Cadre ancien en bois sculpté et doré.

VAN LEEN

42 — *Bouquet de roses et de fleurs diverses dans un vase.*

Au bas, un nid, un oiseau et une rose.

Bois. Haut., 76 cent.; larg., 57 cent.

(*Vente du marquis de Ribeyre, 1872.*)

(*Vente G***, 1898.*)

VELAZQUEZ
(École de)

43 — *Portrait de Jeune Garçon.*

Vu à mi-corps, vêtement noir et collerette blanche, les cheveux bouclés et tombants.

Toile. Haut., 64 cent.; larg., 50 cent.

(*Collection du marquis Du Blaisel.*)

VELAZQUEZ

(École de)

(PENDANT DU PRÉCÉDENT)

44 — *Portrait de Jeune Garçon.*

> Toile. Haut., 64 cent.; larg., 50 cent.
> (*Collection du marquis Du Blaisel.*)

VERNET

(JOSEPH)

45 — *Marine.*

> Effet de clair de lune.
> Toile. Haut., 83 cent.; larg., 1 m. 27 cent.

VERNET

(JOSEPH)

46 — *Les Cascades de Tivoli.*

> Toile. Haut., 63 cent.; larg., 79 cent.

VERNET

(JOSEPH)

47 — *Port de mer italien; au soleil couchant.*

> Au premier plan, un pêcheur et deux femmes
> assises; à droite, des bateaux à voiles se silhouet-
> tent sur les maisons d'une ville d'Italie, à demi-
> estompées dans le brouillard du matin; à gauche,
> un castel en ruine couronne des rocs à pic, affec-
> tant la forme d'une arche.
> Grand tableau, signé et daté 1756.

48 — *Port de mer; au soleil couchant.*

> Des pêcheurs, un personnage vêtu à l'oriental
> et diverses figures animent le premier plan.
> Signé et daté 1756.

ÉCOLE ALLEMANDE

49 — *Portrait d'Homme.*

Vu à mi-corps, tourné vers la droite, appuyé sur une table et tenant un feuillet; il porte une toque rouge et un manteau de même couleur en partie couvert par un large col de fourrure.

Bois. Haut., 41 cent.; larg., 34 cent.

ÉCOLE FLAMANDE

5o — *La Visite du vieux galant.*

Bois. Haut., 37 cent.; larg., 47 cent.

ÉCOLE FRANÇAISE

51 — *Portrait de Femme, en buste, sous les attributs de Diane.*

Toile ovale. Haut., 54 cent.; larg., 40 cent.

ÉCOLE FRANÇAISE

52 — *Portrait de Charles IX.*

Vu jusqu'à la ceinture, presque de face, toque et vêtement noirs, collerette blanche.

Toile. Haut., 40 cent.; larg., 32 cent.

(Collection Henry Willet.)

ÉCOLE HOLLANDAISE

53 — *L'Adoration des Mages.*

Brillante composition animée de nombreuses figures.

Bois cintré du haut.

Haut., 85 cent.; larg., 57 cent.

ÉCOLE ITALIENNE

54 — *La Vierge, l'Enfant Jésus, saint Jean-Baptiste et deux saints personnages.*

Bois. Haut., 64 cent.; larg., 49 cent.

ÉCOLE VÉNITIENNE

55 — *Portrait d'une Famille vénitienne.*

Une dame de qualité, assise sur la droite; un gentilhomme, debout, et deux jeunes garçons.

Figures vues à mi-corps.

Toile. Haut., 74 cent.; larg., 1 m. 6 cent.